✽把你快要遺忘的「情」獻給你

是夢也是追尋

尉天驄・章成崧・尤石川・劉柏宏◎編選・新詩

〈代序〉

推動一場文學的閱讀運動

鄭愁予・白先勇・黃春明・楚 戈・尉天驄

我們覺得應該推動一場文學的閱讀運動，已經有一陣時日了。事情的起因是這樣的：由於軟體革命所帶來的新思維，以及隨著這新思維所來的生活模式，再加上消費文明所帶來的享樂至上的人生態度，一股只求眼前效果，不願深遠思考的「反智」風氣漸漸瀰漫開來，於是由於擔心人文精神的失落而憂心於「文學藝術要走上死亡之路」。但是，我們卻認爲：文學和藝術是不會死亡的，除非人死掉了。

說到「人死掉了」，當然是指人的精神生命，也就是通常所說的「靈魂」。這正是近一個世紀以來有識之士所共同思考的問題。俄國藝術家康丁斯基說過：近代以來，世界瀰漫了濃厚的物質主義氣息，在此一情況的作用下，極端的功利企圖控制著人的作爲，除了權勢和名利，人與世間的一切都隔離了，於是他的生機被閹割了，人的創造力被淹沒了，於是他的生命便淪陷於宿命論的漩渦中，失卻了向上提昇、向更大「可能」擴充的能力，於是只好沈迷於膚淺的感官追逐中。

康丁斯基這類的憂心，正是古今中外所有有識之士所共有的。我國古人常用「痲木不仁」這句話來形容某些人的生活態度；一個人如果對於世間的一切缺乏感動的能力，見悲不悲，見喜不喜，見災禍不關心，見欺騙、殺戮不憤慨，這就是痲木，痲木久了，必然在生活中只求滿足個人感官的享受，而不及其他，甚至利用社會的不幸「作秀」，換取個人的利益。既然如此，便既不能有所作爲，也不能有所不爲，這就到了無恥的地步。無恥就是不仁。所以，由痲木至於不仁，下一步必是人的毀滅。

因此，說文學和藝術要走向死亡了，其重點便在於這種危機的呈現。

我們相信人是能化解危機的，我們也認爲「衣食足而知禮義」，有著它的道理的存在。其關鍵點在於如何彰顯人的善良純眞的本能。而文學和藝術最大的功能便是「喚醒」和「啓發」。所以我們的物質建設愈發達，我們也愈需要好的文學和藝術的教育來與之配合，而展開文學和藝術方面的閱讀，便是一項最基礎和最重要的工作。

〈出版序〉

把你快要遺忘的「情」給你

張之傑

廁身出版界，自然關心出版情報。去年（民九十二年）春於某一集會獲悉，日本某出版社善於整理資料，出書量雖少，卻本本精采，他們的標語是「把重要但快要遺忘的東西給你」。

哪些是重要但快要遺忘的東西呢？我不期然地想起學生時代讀過的一些文章，在這文學日趨商業化的年代，那些雋永的文章格外令人懷念。如果把一些經得起考驗的文章蒐集起來，用新穎的手法編輯成冊，非但可作爲文學讀本，對於世道人心也有幫助，我把這個想法寫在記事簿上，希望有一天能夠成爲事實。

去年秋，因企劃一個書系，拜訪尉天驄教授，我們相識近三十年，是老朋友了。談完正事，開始閒聊，我陡然想起那家日本出版社，就說出文學讀本的想法，尉教授興奮地一拍桌子，大聲地說：「這是我多年想做的事啊！」

談起文學，尉教授的話匣子就打開了，他對台灣的社會感到憂心，他說問題在於人們普遍失去愛心，人性的眞純被物化了，作家不再追求永恆的價値，只求流行和時髦，「這樣的東西有意義嗎？」尉教授發出深沈的喟嘆。

於是尉教授開始編選文學讀本。尉教授抱著淑世、救世的態度看待此事，他編選的文學讀本共三冊，散文、小說、新詩各一冊，主題總離不開家國之情、親情、愛情、友情或人與動物之情。在眾多主題中，尉教授獨沾一個「情」字，正是這三本集子的微言大義所在。

尉教授常說，當人們只知分別你我，不知關懷他人的時候，社會就會變得冷酷無情，對治之道，莫若以文學喚起人們的良知。然而，在文學日趨商業化的大潮下，感人的文學作品難得一見，尉教授的選本就格外不尋常了。

坊間不是沒有文學讀本——散文、小說、新詩都有，但不是雜亂無章，就是迎合流俗，或編選者眼識不足，能夠抱持崇高的理想，統整出一個社會亟需的概念，在實踐上又能一以貫之的可說絕無僅有。尉教授選本無可取代之處在此，其永恆價值在此。

尉教授專攻現代文學，對五四以來的文學發展，台灣學者沒人比他更為熟稔。他站的位置高，觀照面廣，八十多年來的白話文學佳作盡在其掌中。不過，要從眾多佳作中選出十幾篇以「情」為主題的散文和小說、幾十篇以「情」為主題的新詩，即使以尉教授的眼識，也不能不費盡斟酌。對於新詩，更要求平白易讀，對於時下新詩的夢囈語法，尉教授表示不能苟同。

尉教授說，直到現在，他讀起夏丏尊譯的〈少年筆耕〉，或冰心的〈悼王世瑛女士〉，仍會泫然淚下。但對其他人呢？尉教授找不同年齡、不同學歷的人試讀。一位高中國文老師說，他終於有了理想的課外教材；一名學生的母親讀完小說集一夜不能闔眼……尉教授來電說：「可交稿了。」

尉教授收選的作品以三〇年代和四〇年代的居多。上一代作家的白話文或許不如今人純熟，但他們國學根柢深厚，自有一種今人所無法企及的厚重感。此外，當時外患內亂頻仍，社會變動劇烈，作家很難不受國家命運擺佈。這是我們閱讀三〇、四〇年代作品應有的認識。當然，尉教授也沒忘記收選台灣作品和文革後的大陸作品。收選作品中最年輕的作家，就是台灣文學新秀——原住民作家夏曼・藍波安先生。

因爲時代和地域的關係，若干詞彙必須加注。以小說來說：魯迅的小說〈故鄉〉有個「猹」字，賴和的〈一桿稱仔〉有個「蹼」字，這些方言如不加注，一般人很難了解。再如沈從文的〈新與舊〉提到一些前清官職，張賢亮〈邢老漢和狗的故事〉提到不少中共術語，也必須加注才能明其究竟。這個工作由筆者代庖，如有任何錯失，由筆者負責，和尉教授無關。詩無達詁，新詩選就不加注了。

佛家唯識學有所謂「異熟」的說法，去年春那次集會播下文學讀本的種子，精研現代文學的尉天驄教授使它瓜熟蒂落。但願尉教授的這三本集子再次成爲種子，在廣大讀者中廣種福田，結出更多善果。我想，這正是尉教授由衷期盼的吧！

〈前言〉

說新詩

尉天驄

所謂新詩，當然是相對於傳統的舊詩而言。中國是世界上最具有詩意生活的民族，他們對大自然的感喟、對現實生活的關懷、對美好事物的企慕，處處都流露著他們的關心和冥想，這種人與人、人與物、人與事、人與夢……之間的契合，經過他們心靈的提煉和創造，便產生詩的產品。

生活是他們的營養，詩是他們生命對生活所作的最精鍊、最深刻、最純潔的凝結。詩和一般語言的關係，正是如此。它是從最平常的體認中，幾經凝結、幾經融合而煥發出來的，於是那不僅是作詩者的聲音，也是別人心靈的共鳴，好像那些詩是從自己內心深處生發出來的。於是，經由詩，不但淨化了個人，提昇了個人，也同時淨化了整個民族，提昇了整個民族。所以，一個有著豐富的、生動的詩的傳統的民族，也就必然是一個偉大的民族。先哲說：「詩可以興，可以觀，可以群，可以怨。」而最後致之於「溫柔敦厚」，就是如此地以詩的藝術力量培育了國民的純正的氣質。

所謂溫柔敦厚，就是經由詩的語言，讓事事物物都能在相互的關係中呈現和諧的境地。然後經由這種和諧而讓人有著相互的感動與啓發，「離離原上草，一歲一枯榮，野火燒不盡，春風吹又生。」這不僅是大自然的自然顯現，也是大自然對生命的自然啓發。沒有做作，沒有矯情；字與句之間也是那麼貼切，無論文字和音韻，都毫不見「形式」的刻板。這是人們的一種精神的完成。

但是，世事時刻在變，在不同的境遇中，詩也必然要有新的變化和發展。近代世界，東西方一天天互相融通，於是事物與事物之間也就有新的感悟。要把這種新的感悟呈現出來，就必然帶動了詩的語言變化。這變化不是一蹴就可以完成的，它必須經過一段時間的摸索、嘗試、試驗甚至反叛，才能達成新的面貌。但是，不管如何去作，都必然不能離開詩的特質；如果詩僅僅變成一種工具，固然有它功利的現實意義，但是，詩不是做爲一種工具而存在的，因此它的出現，不是爲了別人的現實目的（如宣傳、裝飾等作用），它本身就是一種生命，正如一首偉大的樂曲、一幅動人的繪畫、一尊有力的雕塑那樣，它們堅實地呈現自己的世界和意義。

「前不見古人，後不見來者，念天地之悠悠，獨愴然而涕下。」這不是在表示一個人表達他對富貴利祿的企盼與失落，而是宣示他在歷史的來來往往所激發出來的感悟。「行到水窮處，坐看雲起時」，不是一個人爲他的地理探索提出報告，而是在人生的途程中因獲得某種自在而呈現的驚喜。正因爲詩有它獨自的價值，所以在當代社會的實證和功利作用下，便不能不對剛剛從傳統走出來的新詩，有所憂心了。詩，變成了工具，甚至成爲打手，它自身的生命也就消失了。同樣地，作者本身也失去了對自身生命和世界的關懷，而把詩當成自己消遣的工具或達成某種利益的手段，不但使詩的生命消失了，也讓自己一變而成爲某種式樣的打手，這樣以來，詩的世界也就一步步失去了它的意義。這種意見，在新月派詩人梁宗岱先生那裡，曾多次申述過，後來連胡適先生也對此感到憂心。

中國新詩在一九一七年前後，隨著新文學革命出現，到了一九一九年五四運動的爆發，便堂堂正正地走了出來。不僅青年們熱中於此，即一些學者（如沈尹默、周作人、陳獨秀、傅斯年等）也時而有所試驗，這樣到了二〇年代和三〇年代，才漸漸擺脫了新詩初創時期的粗糙和散漫，而漸漸有了新的收穫。五四是一個充滿解放、反叛的浪漫時代，也是一個在文化趨向西化的時代，於是詩的語言和意象的處理手法，也就不免沾上西方詩的情味。這不是一件壞事，因爲一種文化的成長與發展，總要不斷吸收新的事物，融合它們的內在精神，受到它們的啓發，然後產生。但是，融合不是速成的雜配，那要經過一番艱苦的歷程，既要進入外來的作品中，體會那些作品中的內在生命，也要進入自己民族的作品中，體會它們需要如何的變化。這是一段艱苦的文化創造里程。

在這過程中，中國早期的新詩所受到的影響有下列幾種：一、英語世界浪漫主義的影響，徐志摩、聞一多是人人皆知的例子。於是在他們的詩中，很多地方有拜倫、雪萊、濟慈的影子。二、法語世界象徵主義的影響，戴望舒、李金髮、卞之琳是其代表，在他們作品中，時時可以讓人聞到馬拉美、波特萊爾等人的情味。三、德語世界的影響，馮至、郭沫若等人是其代表，里爾克、歌德、尼采是他們詩的來源。但其中也有一些受到蘇俄革命文學的影響，充滿激越、殺伐之聲。到了三〇年代以後，這幾乎成了一種詩的主流。這也難怪，由於經過漫長時期的壓抑（專制政治的壓抑、異族恐怖的壓抑、舊禮教所凝結而成的權威的壓抑等等），五四以來的浪漫運動在理想主義的激流中，便多了一股嘶喊和狂叫。郭沫若是最出色的代表，其次便是聞一多和徐志摩。而隨著現實的激盪，這些浪漫的轉型便是更激進的革命文學。

要認識新詩的演變和發展，最先要注意的應該是新文學運動初期和早期的作品。因爲是初期和早期，所以在語言的運用方面還保留有很多舊語言的痕跡。語言的發展，先是普及，後是精鍊。詩尤其是如此。甚麼是精鍊呢？那就是經由不斷地運用和體會，能夠準確地抓到事物的眞精神，這就是一般人所說的所謂「靈性」。這就像畫家面對事物那樣，同樣是畫畫，一般人只能見到事物的外貌，大畫家卻見到事物外貌中所蘊含的氣質。這是一看齊白石所畫的白菜、蝦子，就會有所了解的。雖然如此，在初期的新詩裡，也保持有它們的樸實性，沒有造作，沒有駁雜，經由最白描的書寫就立刻能夠教人「明心見性」。這是中國詩最可貴的傳統。我們如果先讀了新舊交替階段吳芳吉的〈婉容詞〉，再讀胡適和沈玄廬的作品（如〈十五娘〉），當會了解這一歷史演變的軌跡。循著這一軌跡，我們便可以繼續再進一步認識其他各種類別的詩作。

沒有詩的生活，人的生命是乾枯的。我們希望在這充滿物質氣息的消費時代，再一次啓開一個詩的時代。詩是個人生命的呈現，但失去了人們的共鳴，除了孤芳自賞，也就遲早要遭到沒落的命運。沒有詩的陶冶，無論就個人或民族而言，都是容易陷入乾枯而低俗的。

是夢也是追尋

目次

是夢也是追尋

目次

是夢也是追尋

目次

是夢也是追尋

目次

是夢也是追尋
目次

婉容詞

吳芳吉

婉容，某生之妻也。生以元年赴歐洲，五年渡美，與美國一女子善，女因嫁之。而生出婉容，婉容遂投江死。

天愁地暗，
美洲在那邊。
剩一身顛連，
不如你守門的玉兔兒犬。
殘陽又晚，
夫心不回轉。

自從他去國，
幾經了亂兵劫。
不敢冶容華，
恐怕傷婦德。
不敢出門閭，
恐怕汙清白。
不敢勞怨說辛酸，
恐怕虧殘大體成瑣屑。
牽住小姑手，
圍住阿婆膝。
一心裡，
生既同裳死共穴。
哪知江浦送行地，
竟成望夫石。

江船一夜語，
竟成斷腸訣。
離婚復離婚，
一回書到一煎迫。

我語他，無限意。
他答我，無限字。
在歐洲進了兩個大學，
在美洲得了一重博士。
他說：
離婚本自由，
此是美歐良法制。
他說：

我非負你你無愁，
最好人生貴自由。
世間女子任我愛，
世間男子隨你求。

他說：
你是中國人，
你生中國土。
中國土人但可憐，
感覺哪知樂與苦。

他說：
你待我歸歸路渺。
恐怕我歸來，

你的容顏槁。
百歲幾人偕到老，
不如離別早。
你不聽我言，
麻煩你自討。

他又說：
我們從前是夢境。
我何嘗識你的面，
你何嘗知我的心。
但憑一個老媒人，
作合共衾枕。
這都是，
野蠻濫具文。

你我人格爲掃盡。
不如此，
黑暗永沈沈，
光明何日醒？

他又說：
給你美金一千圓。
賠你的，
典當路費舊釵鈿。
你拿去，
買套時新好嫁奩。
不枉你，
空房頑固守六年。

我心如冰眼如霧。
又望望半載，音書絕歸路。
昨來個，他同窗好友言不誤。
說他到，
綺色佳城，歡度蜜月去。

我無顏，見他友。
只低頭，不開口。
淚向眼包流，
流了許久。
應半聲，
先生勞駕，
眞是他否？

小姑們，生性憨。
聞聲來，笑相向。
說我哥哥不要你，
不怕你如花嬌模樣。
顧燦燦燈兒也非昔日清，
那皎皎鏡兒不比從前亮。
只有床頭蟋蟀聽更眞，
窗外愁月親堪望。

錯中錯，天耶命耶？
女兒生是禍。
欲留我不羞，
只怕婆婆見我情難過。
欲歸我不辭，

只怕媽媽見我心傷墮。
想姊姊妹妹當年伴許多，
奈何孤孤單單竟剩我一個。

一個免掛牽。
這薄情世界，
何須再留戀。
只媽媽老了，
正望他兒女陪笑言。
不然，不然，
死雖是，一身寃。
生也是，一門怨。

喔喔雞聲叫，

哐哐狗聲咬，
鐺鐺壁鐘三點漸催曉。
如何週身冰冷，
尚在著羅綃。
這簪環齊拋。
這書札焚掉。
這媽媽給我荷包，
繫在身腰。
再對鏡一瞧瞧，
可憐的婉容啊，
你消瘦多了。
記得七年前此夜，
洞房一對璧人嬌。

手牽手，
嘻嘻笑。
轉瞬今朝，
與你空知道。

茫茫何處，
這邊縷縷鼾聲，
那邊緊緊關戶。
暗摩挲，
偷出後園來四顧，
閃閃晨星，
瀼瀼零露，
一瓣殘月，
冷掛籬邊墓。

那黑影團團，
可怕是強梁來追赴。
竟來了啊，
親愛的犬兒玉兔。
你偏知恩義不忘故，
你偏知恩義不忘故。

一步一步，
蘆葦森森遮滿入城路。
何來陣陣炎天風，
蒸得人渾身如醉攪亂心情愫。
訝！
那不是阿父，
那不是我的阿父。

看他鬢髮蓬蓬，杖履冉冉，
正遙遙等佇。
前去前去，
去去牽衣訴。
卻是株，
江邊白楊樹。

白楊何枒枒，
驚起棲鴉。
正是當年離別地，
一帆送去，
誰知淚滿天涯。
玉兔啊——
我喉中梗滿是話。

欲語只罷。
你好自還家，好自看家。
一剎那，
砰磅，浪噴花。
鞺鞳，岸聲答。
息息索索，
泡影浮沙。
野闊秋風緊，
江昏落月斜。
只玉兔雙腳泥上抓。
一聲聲，哀叫他。

中國新詩興起的時間大約在西元一九一七年前後「新文學革命」的時代，著名的作者有胡適、劉復、沈尹默、周作人等。他們主張打破中國舊詩的格律，創造新的語言。但其中很多人，仍無法擺脫舊詩詞的影響。

吳芳吉像，攝於一九二五年。

與這種新詩運動保持對立的也有一些人，他們主張詩要求變求新，但不能沒有格律。這些人有人稱為改良派。從清末的黃遵憲到五四時代的吳芳吉、劉大白等人，大都屬於這一類。

這裡選的這一篇〈婉容詞〉，是吳芳吉的代表作。當時流傳甚廣。其所以如此，可能有下列原因：

一、這首詩的題材是當時的一個普遍現象：新的知識份子擺脫舊婚姻制度給予傳統婦女所帶來的悲劇。值得感嘆，值得同情。

二、新詩運動在開始的實驗階段，難免讓人有散漫、粗俗的感覺。這篇作品既有舊詩的溫厚，又能通俗易懂，所以受到歡迎。

三、這首作品雖稱之為詩，也同時揭示了時代的矛盾和難題，就此而言實在繼承了詩學「興、觀、群、怨」的傳統。

我們用這首詩來揭開，並思考新詩發展的路程。

吳芳吉（一八九六～一九三二），字碧柳，四川江津人，自號白屋書生，清宣統二年，曾就讀清華大學預備班。與吳宓等相交甚深。後講學於上海中國公學、西北大學等校，五四運動起，對文學革命不表贊成，常在「學衡」雜誌發表言論。後貧病而死。有《白屋吳生詩稿》傳世。

希 望

胡適

我從山中來，
帶著蘭花草，
種在小園中，
希望開花好。

一日望三回，
望到花時過；
急壞看花人，
苞也無一個。

眼見秋天到，
移花供在家；
明年春風回，
祝汝滿盆花！

上山

胡適

「努力！　努力！
努力望上跑！」
我頭也不回，
汗也不揩，
拚命的爬上山去。
「半山了！　努力！
努力望上跑！」

上面已沒有路，
我手攀著石上的青藤，
腳尖抵住岩石縫裡的小樹，
一步一步的爬上山去。

「小心點！ 努力
努力望上跑！」

樹椿扯破了我的衫袖，
荊棘刺傷了我的雙手，
我好不容易打了一線路爬上山去。

上面果然是平坦的路，

有好看的野花，
有遮蔭的老樹。

但是我可倦了，
衣服都被汗濕透了，
兩條腿都軟了。

我在樹下睡倒，
聞著那撲鼻的草香，
便昏昏沈沈的睡了一覺。

睡醒來時，天已黑了，
路已行不得了，
「努力」的喊聲也滅了。

猛省！猛省！
我且坐到天明，
明天絕早跑上最高峰，
去看那日出的奇景！

秘魔崖月夜

胡適

依舊是月圓時，
依舊是空山、靜夜，
我獨自踏月閒行，沈思——
這淒涼如何能解！

翠微山上的松濤，
驚破了空山的寂靜。
山風吹亂了窗紙上的松痕，
吹不散我心頭的人影。

詩人與詩

留學美國時的胡適。

胡適的表妹曹珮聲，詩〈秘魔崖月夜〉據說為曹而作。

胡適是中國新文學的重要開拓人，更是新詩發展的主要推手。他是位思想家，雖然不具有詩人的特質，但提到新詩，第一個要提的就是他。雖然他「但開風氣不為師」，卻為新詩樹下了「開山」的功績。

胡適字適之，安徽積溪人。曾留學美國，擔任過北京大學校長、中央研究院院長，為中國新文學運動的主要推動人，學術思想影響當代中國甚大。著作繁多，尤以《中國古代哲學史》與《胡適文存》影響最大。

這裡選的三首詩，可以代表胡適的風格，那就是在平易溫順的敘事中蘊含有人生的哲理。〈希望〉和〈上山〉直述了那一代青年

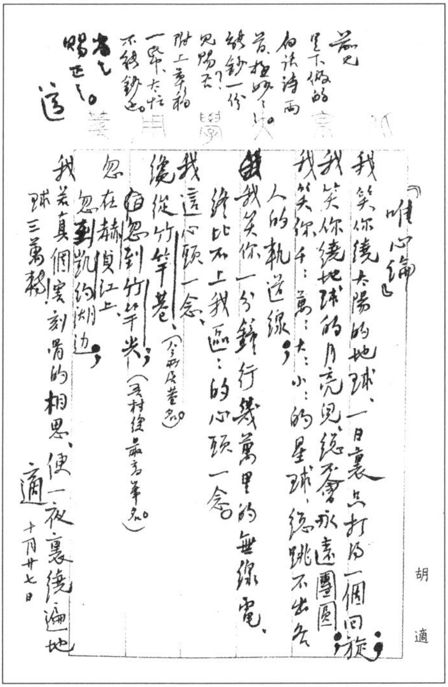

胡適詩〈唯心論〉手稿，作於一九一九年。

對未來的殷切追求；滿懷希望，努力不懈，正是五四以來的精神。

而〈秘魔崖月夜〉則是一首情詩。胡適的婚姻是屬於舊式婚姻的一種，婚後卻又與表妹曹某產生戀情，曾同遊於秘魔崖，但未有結果，愴然而別。這首詩如拿來與吳芳吉的〈婉容詞〉對讀，當更有所感。胡的這種情景，也用舊詩詞的方式寫過，茲附於後，以見早期新詩演變之跡。

江城子

翠微山上亂松鳴，
月淒清，
伴人行；
正是黃昏，人影不分明。
幾度半山回道望——
天那角，
一孤星。

時時高唱破昏冥，
一聲聲，
有誰聽？
我自高歌，我自遣哀情。
記得那回明月夜，

歌未歇，
有人迎。

十五娘

沈玄廬

一

菜子黃，
百花香，
軟軟的春風，吹得鋤頭技癢；
把隔年的稻根泥，一塊塊翻過來曬太陽，
不問晴和雨，
箬帽簑衣大家有分忙，
偏是他，閑得兩隻手沒處放！

二

「看了幾分蠶，
賒了幾擔桑，
我只能這樣一個人獨自忙。〔1〕
有的是田、地，和山、蕩。
他也想要忙，也哪裡許他忙？——
坐吃山空總是沒個好下場。
昨天聽人說有個地方招墾荒。」〔2〕

三

五十高興極了，
三腳兩步，慌慌張張：
「喂，十五娘，
我們的日子有著落〔3〕；

我要張羅著出門去，你替我相幫！」
就在這霎時間歡喜和悲傷在他倆底心窩中橫衝直撞。

四

一夜沒睡，
補綴了些破衣裳，
一針一歡喜，
一線一悲傷，
密密地從針裡穿過線裡引出，
默默地「祝他歸時，不再穿這衣裳；
更不要丟掉這衣裳！」

五

此刻都不曾哭，
怎麼他倆底眼泡皮都像胡桃樣？
一張破席捲了半床舊被胎，
跳上埠船，像煞沒介事兒一樣。
他抬起頭來，伊便低下頭去，
伊回過頭來，他便把眼光偏向他處〔4〕；
他恨不得說一聲「不去」，——
船兒已過村梢頭，只聽見船頭水響。

六

一個郵夫東問西問十五娘，
伊接到信卻一字不識，
彷彿螞蟻爬在熱鍋上，
「測字先生，你替我詳詳？

這不是我家『五……』他來的信麼？」

測字先生很鄭重地說：

「你要給我銅板一雙——他平安到了一個地方！」

七

「信該到了？

繭該摘了？

桑葉債該還了？

伊該不哭了？」

四周圍異地風光，

包圍著他一個人底凝思。——

就不敢想卻又無法不想。〔5〕

八

月光照著紡車響，
門前河水微風漾，
一縷情絲依著棉紗不斷的紡。
鄰家嫂嫂太多情，
說道「十五娘你也太辛苦了
明朝再作又何妨。」
伊便停住搖車，但是這從來不斷過的情絲，一直牽伊
到枕上，夢中，還是烏烏的接著紡。
不過從接信後的十五娘，
只是勤奮，只是快慰，只是默默地想。

九

本來兩想合一想，

料不到勇猛的五十一朝陷落在環境底鐵蒺藜上。
工作乏了——不是〔6〕，
瘟疫染了——不是〔7〕，
掘地底機器，居然也妒嫉他來，
把勇猛的五十搾成了肉醬……。〔8〕

十

採了蠶桑，
賣掉繭來紡紗織布做衣裳。
一件又一件，單的夾的棉的，
堆滿一床，壓滿一箱。
伊單估計著這些也覺得心花放。〔9〕
「五十啊！
你再遲回來幾年每天得試新衣裳？

爲什麼從那一回後再不聽見郵差問『十五娘？』

十一

明月照著凍河水，
尖風刺著小屋霜。
滿抱著希望的獨眠人睡在合歡床上，
有時笑醒，有時哭醒；有時哭醒，有時笑醒，〔10〕
破瓦棱裡透進一路月光，
照著伊那甜蜜蜜的夢，同時也照著一片膏腴墾殖場。

詩人與詩

沈玄廬原名沈定一，字劍侯，玄廬為筆名。浙江蕭山人。著有《玄廬文存》。〈十五娘〉是中國新文學最早的一首敘事詩。寫的是一位失業農民五十和妻子十五娘的生活。五十到東北開荒去了，妻子在等候他的歸來，沒想到他卻已在日本人的農場被開墾機壓死了。這首詩真有唐詩「可憐無定河邊骨，猶是春閨夢裡人」的哀傷，也為新詩開拓了寫實主義的道路。

玄廬先生不是專業詩人，是民國初年的一位地方政治家，他當過浙江省議會議長，因為關心農民，首先把自己名下的土地放領給農民。後來被人暗殺在省議會門口。由於他的奮鬥與農民分不開關係，所以他寫的這首〈十五娘〉便充滿了對農民的關懷，得到很多人的共鳴。也由於他不是專業詩人，很多句子今天讀來，便有些拗口，為此，我們便大膽地稍加修改，以便加大這首詩的流傳與影響。希望玄廬先生在天之靈能諒解我們的狂妄和用心。讀者如有不滿，請恢復沈先生原來的句子。

下面是沈玄廬先生原來的句子：

〔1〕我只顧得個人忙。

〔2〕昨天聽人說「哪裡的地方招墾荒。」

〔3〕我們的人家做成了；

〔4〕下有一行「像是全世界底固結性形成他倆底狀況」，因意不明，刪去。

〔5〕就是要不想也只是想這個「不想」。

〔6〕工作乏了他也——不是，

〔7〕瘟疫染了他也——不是，

〔8〕下面刪去：

無意識的工作中正在凝想底人兒，這樣收場。

但只是粉碎了他的身軀，倒完成了他和伊相合的一個愛的想。

〔9〕伊單估著堆頭也覺得心花放。

〔10〕有時笑醒，有時哭醒，有經驗的夢也不問來的地方。

三弦

沈尹默

中午時候火一樣的太陽沒法去遮攔，
讓他直曬著長街上。
靜悄悄少人行路，
祇有悠悠風來，
吹動路旁楊樹。

誰家破大門裡，
半院子綠茸茸細草，
都浮著閃閃的金光。

旁邊有一段低低土牆，
擋住了個彈三弦的人，
卻不能隔斷那三弦鼓盪的聲浪。

門外坐著一個穿破衣裳的老年人，
雙手抱著頭，
他不聲不響。

詩人與詩

沈尹默的這首〈三弦〉是新詩開創期的名作，胡適曾譽之為用舊詩詞的方式呈現著新境界的傑作。他把靜的境界寫得那麼安詳，那麼愢適，把空間與時間都凝結在一種無言之美中，只是寧定，一

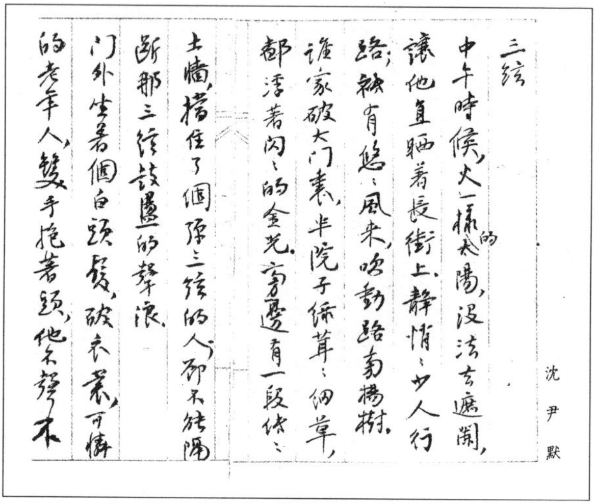

三弦

中午時候，火一樣的太陽，沒法去遮闌，
讓他直晒着長街上。靜悄悄少人行
路；只有悠悠風來，吹動路旁楊樹。
誰家破大门裏，半院子綠茸茸細草，
都浮着闪闪的金光。旁邊有一段低低
土牆，擋住了個彈三弦的人，卻不能隔
斷那三弦鼓盪的聲浪。
门外坐着個白頭髮，破衣裳，可憐
的老年人，雙手抱着頭，他不聲不

沈尹默

沈尹默詩〈三弦〉手稿。

切想要訴說的，都化為烏有。這是一首靜觀之詩，唯其靜觀，才見出心靈深處之舒坦。

沈尹默（一八八三～一九七一），浙江吳興人，曾擔任北大教授，為中國當代最有名的書法家。名學者臺靜農的書道即出其門下。

一個小農家的暮

劉復

她在灶下煮飯，
新砍的山柴，
必必剝剝的響。
灶門裡嫣紅的火光，
閃著她嫣紅的臉，
閃紅了她青布的衣裳。

他銜著個十年的菸斗，
慢慢的從田裡回來；
屋角裡掛去了鋤頭，

便坐在稻床上，
調弄著隻親人的狗。

他還踱到欄裡去，
看一看他的牛；
回頭向她說：
「怎樣了——
我們新釀的酒？」

門對面青山的頂上，
松樹的尖頭，
已露出了半輪的月亮。

孩子們在場上看著月，

還數著天上的星；
「一，二，三，四……」
「五，八，六，兩……」
他們數，他們唱：
「地上人多心不平，
天上星多月不亮。」

教我如何不想她

劉復

天上飄著些微雲，
地上吹著些微風。
啊！
微風吹動了我頭髮，
教我如何不想她？

月光戀愛著海洋，
海洋戀愛著月光。
啊！

這般蜜也似的銀夜，
教我如何不想她？

水面落花慢慢流，
水底魚兒慢慢游。
啊！
燕子你說些什麼話？
教我如何不想她？

枯樹在冷風裡搖。
野火在暮色中燒。
啊！
西天還有些兒殘霞，
教我如何不想她。

詩人與詩

劉復（一八九一～一九三四），字半農，江蘇人。為國樂大師劉天華之兄。曾留學歐美，專攻語音學。曾擔任「新青年」雜誌的編輯，也是中國新文學運動的推動者之一。著有《揚鞭集》。

劉半農認為詩是「思想中最真的一點」。他的詩能用幾個要點來呈現他要表達的心境。〈一個小農家的暮〉把中國農村的安適、和諧抒寫得非常甜美。〈教我如何不想她〉經趙元任譜樂以後，已成為有名的藝術歌曲。

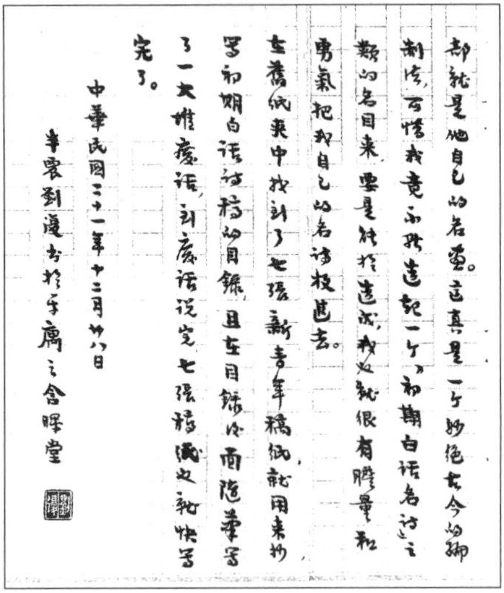
却就是他自己的名字。這真是一个妙絕古今的獅劇呀，可惜我竟不能遠記一个「初期白話名詩」之類的名目來，要是能於遠記，我也就很有膽量和勇氣把我自己的名詩投進去。

在舊紙裏中找到了七張新青年稿紙，就用來抄寫初期白話詩稿的目錄，且在目錄後面隨筆寫了一大堆廢話，到廢話說完七張稿紙也就快寫完了。

中華民國二十一年十二月廿八日

半農劉復書於平廣之含暉堂

劉復（半農）手跡。

水手

劉延陵

月在天上，
船在海上，
他兩隻手捧住面孔，
躲在擺舵的黑暗地方，
他怕見月兒眨眼，
海兒掀浪，
引他看水天接處的故鄉。
但他卻想到了，

石榴花開得鮮明的井旁，
那人兒正架竹子，
曬她的青布衣裳。

詩人與詩

這一首〈水手〉是新詩最早階段的一篇名作。

作者劉延陵（一八九五～），江蘇泰興人，他曾是研究唐代詩人李賀的學者，創作不多，但這首〈水手〉卻多次被選入中學國文教本，很啓發後人。關於此，特把鄭愁予和瘂弦的作品附錄於後，以供參考。

情婦

鄭愁予

在一青石的小城，住著我的情婦
而我什麼也不留給她
祇有一畦金線菊，和一個高高的窗口
或許，透一點長空的寂寥進來
或許……而金線菊是善等待的
我想，寂寥與等待，對婦人是好的

所以，我去，總穿一襲藍衫子
我要她感覺，那是季節，或
候鳥的來臨
因我不是常常回家的那種人

水夫

瘂弦

他拉緊鹽漬的繩索
他爬上高高的桅桿
到晚上他把他想心事的頭
垂在甲板上有月光的地方

而地球是圓的

他妹子從煙花院裡老遠捎信給他
而他把她的小名連同一朵雛菊刺在臂上
當微雨中風在搖燈塔後邊的白楊樹
街坊上有支歌是關於他的

而地球是圓的
海啊，這一切對你都是愚行

到家了

俞平伯

賣硬麵麵餑餑的，
在深夜尖風底下，
這樣慢慢地吆喚著，
我一聽到，知道「到家了」。

詩人與詩

這首〈到家了〉是俞平伯的作品。這是他《北歸雜詩》中的一首。寫他到達故鄉火車站的情景，文字簡單，意象生動，其中蘊含著平淡卻濃厚的鄉情。是新詩初創期的典範之作。麵餑餑，一種麵食品。

俞平伯（一九〇〇～一九九〇），名銘衡，以字行。浙江德清人，為清末國學大師俞樾（曲園）之孫。舊學根柢極深，為胡適入室弟子，所作《紅樓夢研究》在中共建國初期曾引發有名之紅樓夢事件。

筆立山頭展望

郭沫若

大都會的脈搏喲！
生的鼓動喲！
打著在，吹著在，叫著在，……
噴著在，飛著在，跳著在，……
四面的天郊煙幕朦朧了！
我的心臟呀快要跳出口來了！
哦哦，山岳的波濤，瓦屋的波濤，
湧著在，湧著在，湧著在，湧著在呀！
萬籟共鳴的symphony，

自然與人生的婚禮呀！
彎彎的海岸好像Cupid的弓弩呀！
人的生命便是箭，正在海上放射呀！
黑沈沈的海灣，停泊著的輪船，進行著的輪船，數不盡的輪船，
一枝枝的煙筒都開著了朵黑色的牡丹呀！
哦哦，二十世紀的名花！
近代文明的嚴母呀！

詩人與詩

郭沫若（一八九二～一九七八），原名開貞，號鼎堂，四川樂山人，為創造社最著名之詩人。詩集《女神》充滿浪漫主義之精神。本詩受美國詩人惠特曼影響甚大，充滿對新中國之盼望，也充

郭沫若等創「創造社」，圖為「創造月刊」一卷一期。

滿對二十世紀的世界的盼望。

當一個社會面臨到大變動的前夕，很多知識份子便不由得爆發出昂揚的、充滿理想的浪漫精神。五四時代的情況正是如此的。郭沫若在當時正留學日本，接觸到近代的西方文明，著上了啓蒙時代的革命熱情，要求人的解放，爭取人的價值，他和朋友在五四時代組成的創造社，正是此一趨向，他的詩集《女神》就是最好的代表。他寫有長詩〈鳳凰涅槃〉，企盼著古老的中國能夠浴火重生。這首〈筆立山頭展望〉是站在日本門司市西的筆立山頭的感憤。言語之間，一片狂熱。

少年時期的郭沫若，攝於清末。

死水

聞一多

這是一溝絕望的死水，
清風吹不起半點漪淪。
不如多扔些破銅爛鐵，
爽性潑你的賸菜殘羹。

也許銅的要綠成翡翠，
鐵罐上銹出幾瓣桃花；
再讓油膩織一層羅綺，
黴菌給他蒸出些雲霞。

讓死水酵成一溝綠酒，
飄滿了珍珠似的白沫；
小珠笑一聲變成大珠，
又被偷酒的花蚊咬破。

那麼一溝絕望的死水，
也就誇得上幾分鮮明。
如果青蛙耐不住寂寞，
又算死水叫出了歌聲。

這是一溝絕望的死水，
這裡斷不是美的所在，
不如讓給醜惡來開墾，
看他造出個什麼世界。

忘掉她

聞一多

忘掉她，像一朵忘掉的花，——
　那朝霞花瓣上，
　那花心的一縷香——
忘掉她，像一朵忘掉的花！

忘掉她，像一朵忘掉的花！
　像春風裡一齣夢，
　像夢裡的一聲鐘，
忘掉她，像一朵忘掉的花！

忘掉她，像一朵忘掉的花，
　聽蟋蟀唱得多好，
　看墓草長得多高；
忘掉她，像一朵忘掉的花！

忘掉她，像一朵忘掉的花，
　她已經忘記了你，
　她什麼都記不起；
忘掉她，像一朵忘掉的花！

忘掉她，像一朵忘掉的花，
　年華那朋友眞好，
　他明天就教你老；

忘掉她，像一朵忘掉的花！
忘掉她，像一朵忘掉的花，
如果是有人要問，
就說沒有那個人；
忘掉她，像一朵忘掉的花！
忘掉她，像一朵忘掉的花，
像春風裡一齣夢，
像夢裡的一聲鐘，
忘掉她，像一朵忘掉的花！

聞一多書法，作於一九四四年。

聞一多（一八九九～一九四六），原名聞家驊，湖北浠水人，早期留美，後任清華大學教授。為新月派最著名之詩人，有詩集《死水》《紅燭》。

聞一多像，大概攝於抗戰時期。

新月派是一個充滿浪漫精神的文學團體，徐志摩、聞一多、朱湘等人，都是重要的成員。他們大多出身於生活較為寬適的家庭，也大多留學國外或接觸西方的思潮與文明。他們對於現實的要求是自由、平等、人權。對於文學藝術要求個人的解放。然而，五四時

作篆刻的聞一多，自謂手工業。

代以來的中國，卻處處讓人絕望。在絕望中希望能有所突破，於是就有了詩人的吶喊。聞一多的〈死水〉是最有力的代表；

這是一溝絕望的死水，
這裡斷不是美的所在，
不如讓給醜惡來開墾，
看他造出個什麼世界。

這是激流中的聲音，也是那一時代青年的悲憤。

〈忘掉她〉是聞一多悼念女兒之作。他一再說「忘掉她」，事實上卻是最沈痛的懷念。

她是睡著了

徐志摩

她是睡著了——
星光下一朵斜欹的白蓮；
她入夢境了——
香爐裡裊起一縷碧螺煙。

她是眠熟了——
澗泉幽抑了喧響的琴絃；
她在夢鄉了——
粉蝶兒，翠蝶兒，飜飛的歡戀。

沙揚娜拉

——贈日本女郎

徐志摩

最是那一低頭
　像一朵水蓮花不勝涼風的嬌羞，
道一聲珍重，
　那一聲珍重裡有甜蜜的憂愁——
　　沙揚娜拉！

常州天寧寺聞禮懺聲

徐志摩

有如在火一般可愛的陽光裡，偃臥在長梗的，亂雜的叢草裡，聽初夏第一聲的鷓鴣，從天邊直響雲中，從雲中又迴響到天邊；

有如在月夜的沙漠裡，月光溫柔的手指，輕輕的撫摩著一顆顆熱傷了的砂礫，在鵝絨般軟滑的熱帶的空氣裡，聽一個駱駝的鈴聲，輕靈的，輕靈的，在遠處響著，近了，近了，又遠了……

有如在一個荒涼的山谷裡，大膽的黃昏星，獨自臨照著陽光死去了的宇宙，野草與野樹默默的祈禱著，聽一個瞎子，手扶

著一個幼童，鐺的一響算命鑼，在這黑沈沈的世界裡回響
著；
有如在大海裡的一塊礁石上，浪濤像猛虎般的狂撲著，天空緊
緊的繃著黑雲的厚幕，聽大海向那威嚇著的風暴，低聲的，
柔聲的，懺悔他一切的罪惡；
有如在喜馬拉雅的頂顛，聽天外的風，追趕著天外的雲的急步
聲，在無數雪亮的山壑間回響著；
有如在生命的舞台的幕背，聽空虛的笑聲，失望與痛苦的呼籲
聲，殘殺與淫暴的狂歡聲，厭世與自殺的高歌聲，在生命的
舞台上合奏著；
我聽見了天寧寺的禮懺聲！
這是哪裡來的神明？人間再沒有這樣的境界！

這鼓一聲，鐘一聲，磬一聲，木魚一聲，佛號一聲，……樂音在大殿裡，迂緩的，漫長的迴盪著，無數衝突的波流諧合了，無數相反的色彩淨化了，無數現世的高低消滅了……

這一聲佛號，一聲鐘，一聲鼓，一聲木魚，一聲磬，諧音盤礴在宇宙間——解開一小顆時間的埃塵，收束了無量數世紀的因果；

這是哪裡來的大和諧——星海裡的光彩，大千世界的音籟，真生命的洪流：止息了一切的動，一切的擾攘；

在天地的盡頭，在金漆的殿椽間，在佛像的眉宇間，在我的衣袖裡，在耳鬢邊，在感官裡，在心靈裡，在夢裡……

在夢裡，這一瞥間的顯示，青天，白水，綠草慈母溫柔的胸懷，是故鄉嗎？是故鄉嗎？

光明的翅羽，在無極中飛舞！
大圓覺底裡流出的歡喜，在偉大的，莊嚴的，寂滅的，無疆
　　的，和諧的靜定中實現了！
頌美呀，涅槃！讚美呀，涅槃！

詩人與詩

徐志摩（一八九七～一九三一），浙江海寧縣人，原名章垿，曾留學美國和英國，回國後任教北京大學，接編北京縣報副刊，後與友人籌辦「新月」雜誌和新月書店，被人視為新月派。民國二十年搭乘飛機去北平，失事去世。

他是新月派最有名之浪漫主義詩人。這裡所選幾首有他最纖細的風格。

新月

第一卷 第一號

上海 新月書店 發行

「新月」一九二八年三月創刊，發刊詞由徐志摩執筆。

徐志摩是一位追求靈性的詩人，他的詩因此也就充滿夢幻和想像，甚至不去思考俗世的一切，也不甘受外來的束縛。他說過：

要從惡濁的底裡解放聖潔的泉源。要從時代的破爛裡規復人生的尊嚴，成見不是我們的。功利也不是我們的。生命是一切理想的根源。

因此，他在現象中抓住每一事物的靈巧和幽美，以夢的手法把它們呈現出來。〈他是睡著了〉這兩節詩，以四個比喻築構四個不同的境界，再用這境界舒緩出她的優雅。〈莎揚娜拉〉寫一位日本少女。經由那一低頭的溫柔，讓人沈醉於「再見」的日語「莎揚娜拉」的甜欣中。而在〈常州天寧寺聞禮懺聲〉中，經過那古寺的鐘聲更把人帶入一個萬物融為一體的大和諧中。一切動都成為靜，一切靜都成了涅槃，一切涅槃都成了美，都成了永恆。

夜

宗白華

黑夜深
萬籟息
遠寺的鐘聲俱寂。
寂靜——寂靜——
微眇的寸心
流入時間的無盡！

詩

宗白華

啊，詩從何處尋？
從細雨下，點碎落花聲！
從微風裡，飄來流水音！
從藍色天末，搖搖欲墜的孤星。

這兩首小詩是富有哲思的小品。作者宗白華是中國當代的哲學家，也是最有名的美學家。他以哲人的深思，總經由詩的語言探求生命的奧秘和純真。在〈夜〉中，「黑夜深」代表生命的深沈，「萬籟寂」代表生命的靜態，「遠寺的鐘聲」代表生命的律動。當一切都靜止下來，心靈便進入時間的無盡中，感受到宇宙的永恆與寧靜。這首詩很明顯地受到德國詩人歌德一首詩〈流浪者的夜歌〉的影響。茲附錄以供比較：

流浪者的夜歌

歌德

所有的山峰
在沈寂，
所有的樹梢

感不到，
半點兒氣息。
鳥兒在林間無聲；
等一會兒
你也休息。

宗白華像，攝於晚年。

而〈詩〉，則領悟到：在細雨、落花、微風、流水等一切的事物，都蘊涵著生命的情味，那就是詩，晶瑩剔透，有如夜間的搖搖欲墜的孤星。世界的一切，無不是心靈的閃動。

宗白華（一八九七～一九八六），原名之櫆，江蘇常熟人。當代最有名之哲學家，在美學方面更

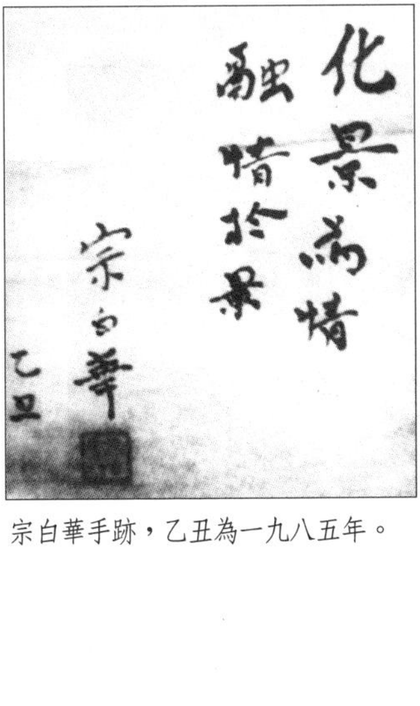

宗白華手跡，乙丑為一九八五年。

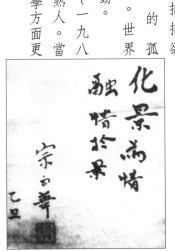

有很大的建樹。他在五四時代是「少年中國社」重要的一員，新詩集《流雲》開創了以哲理入詩的風格。他的美學著作甚多，最常見的有《藝境》《美學散步》《歌德研究》。曾在南京的中央大學任教多年。

關於宗白華這一類小詩的風格，在五四時代，以女詩人冰心的《無水》《繁星》等最為有名。他們都受當時來華訪問的印度大詩人泰戈爾影響和啓發。在冰心，寫的多是一些雋語，到了宗白華才以他哲學的體認，經由詩的語言來呈現生命的深度。這方面，他和同時代的馮至便開創了新詩另一條道路。

但冰心的詩，仍有參考的意義，茲錄兩首如後：

繁星（一三一）

大海啊，
那一顆星沒有光？
那一朵花沒有香？

那一次我的思潮裡
　沒有你波濤的清響？

春水（四）

冰心

蘆荻，
　只伴著這黃波浪麼？
趁風兒吹到江南去罷！

但這一雋語類型的詩，被後人一變而成為政治的口語，便只有標語的作用，而失去詩的情味了。

有憶

朱湘

淡黃色的斜暉，
轉眼中不留餘跡，
一切的擾攘皆停，
一切的喧囂皆憩。

入了夢的烏鴉，
風來時偶發喉音；
和平的無聲晚汐，
已經淹沒了全城。

路燈亮著微紅，
蒼鷹飛下了城堞，
在暮煙的白被中，
紫色的鍾山安歇。

寂寥的街巷內，
王侯大第的牆陰，
噹的一聲竹筒響，
是賣元宵的老人。

詩人與詩

朱湘（一九〇四～一九三三），字元沅，安徽太湖人。留美研習西方文學，曾任安徽大學外文系主任。與徐志摩共同提倡建立新詩的新格律。他的詩充滿幽婉清新情調，一九三三年投水自殺。著有《番石榴集》。〈有憶〉一詩，是他企圖建立新格律以融合東方情調的實驗，把一座記憶中的小城的寧靜寫得非常憩適。

笑

林徽音

笑的是他的眼口唇，
和唇邊渾圓的漩渦
豔麗如同露珠，
朵朵的向
貝齒的閃光裡躲。
那是笑——神的笑，美的笑；
水的映影，風的輕歌。
笑的是她惺鬆的鬈髮，
散亂的挨著她耳朵。

輕軟如同花影，
癢癢的甜蜜
湧進了你的心窩。
那是笑——詩的笑，畫的笑；
雲的留痕，浪的柔波。

徐志摩與林徽音、泰戈爾，攝於一九二四年。

詩人與詩

林徽音（一九〇三～一九五五），又名林徽因，福建閩侯人。為中國當代有名的建築學者，與丈夫梁思成共同為中國建築學研究，奠定了基礎。她也是五四時代的女詩人。〈笑〉這首小詩，充滿了美的想像，把一個少女的生命呈現得那麼甜美，充滿了情致。

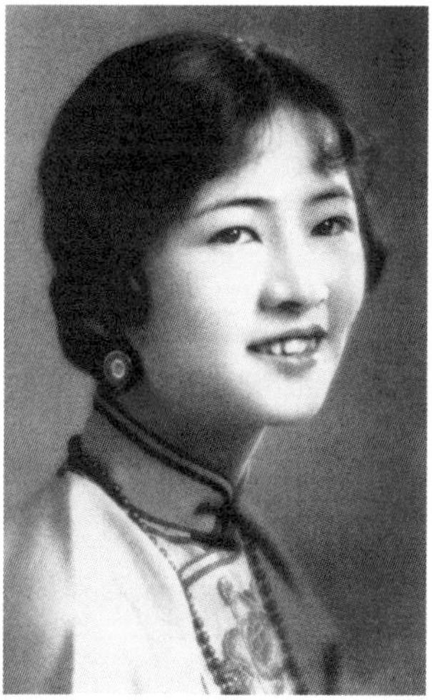

林徽音，一九三〇年攝於北京。

雞鳴寺的野路

陳夢家

這是一座往天上的路，
夾著兩行撐天的古樹；
　煙樣的烏鴉在高天飛，
　鐘聲幽幽向著北風追；
我要去，到那白雲層裡，
那兒是蒼空，不是平地。

大海，我望見你的邊岸，
山，我登在你峰頭呼喊……

劫風吹沒千載的城廓，
何處再有鳳毛與麟角？
我要去，到那白雲層裡，
那兒是蒼空，不是平地。

詩人與詩

陳夢家，五四時代的詩人，後專攻甲骨文，成為有名的學者。〈雞鳴寺的野路〉寫南京著名的古剎雞鳴寺。寺建於六朝。作者在詩中把塵世與天界、陸地與大海、今人與古人，兩相對照，寫出了心靈在其間的追尋。於是那條歸路也就成了人追向理想的通道。

我從CAFÉ中出來

王獨清

我從Café中出來，
身上添了
中酒的
疲乏，
我不知道
向哪一處走去，才是我底
暫時的住家……
啊，冷靜的街衢，
黃昏，細雨！

我從Café中出來，
在帶著醉
無言地
獨走，
我底心內
感著一種，要失了故國的
浪人底哀愁……
啊，冷靜的街衢，
黃昏，細雨！

註：Café，法語，咖啡館。

詩人與詩

王獨清（一八九八～一九四〇），陝西長安人，曾留學法國，回國後參加郭沫若等人的創造社，但他的詩與激昂的郭沫若毫無相近之處，倒是受到歐洲象徵主義的影響，字裡行間經常流露著頹廢的情味，故被人稱為「落難公子」。而那也是新舊交替時代，某些知識份子的心態。

象徵主義有一種風格是：把詩的音樂素質置於一切之上，也就是：「音樂先於一切。」用音樂般的語言表達內心深處的顫動。王獨清這首詩受法國詩人魏爾崙（P. M. Verlaine，1844～1896）的影響很大，茲附之於後，可以參考：

秋歌

秋日的

提琴
　長嘆嗚咽，
用單調的
弱調
　傷我心。

當鐘鳴時
一切暗澹
　而窒息，
　我回想
往日
　泫然欲泣。

我置身於
疾風裡，
　風把我帶去

像一片死葉
　忽東忽西。

魏爾崙的詩因為具有音樂性，所以讀的時候要用緩慢、低沈的聲音（最好是男低音），一句一句唸出來〔如：秋日的——提琴——長嘆嗚咽，（稍頓）——用單調的——弱調——傷我心（稍頓）……〕。如用大提琴伴奏更佳。讀王獨清這首詩也是一樣。

我們選這首詩可以讓人了解新詩向西方詩借火的地方。

棄婦

李金髮

長髮披徧我兩眼之前，
遂隔斷了一切羞惡之疾視，
與鮮血之急流，枯骨之沈睡。
黑夜與蚊蟲聯步徐來，
越此短牆之角，
狂呼在我清白之耳後，
如荒野狂風怒號：
戰慄了無數遊牧。
靠一根草兒，與上帝之靈往返在空谷裡。

我的哀戚惟遊蜂之腦能深印著；
或與山泉長瀉在懸崖，
然後隨紅葉而俱去。

棄婦之隱憂堆積在動作上，
夕陽之火不能把時間之煩悶
化成灰燼，從煙突裡飛去，
長染在遊鴉之羽，
將同棲止於海嘯之石上，
靜聽舟子之歌。

哀老的裙裾發出哀吟，
徜徉在丘墓之側，
永無熱淚，

點滴在草地
爲世界之裝飾。

詩人與詩

李金髮（一九〇〇～一九七六），字遇安，廣東梅縣人，為三〇年代留法之雕塑家，他的詩融合詩與雕刻的情致，別樹一格。曾出版詩集《微雨》。

李金髮留學法國的時候，正是象徵主義流行的時候。他的詩作也就受到啓發。這首〈棄婦〉，是以第一人稱的自白。用內心的哀悽、無奈，藉他物來表現它的深沈。譬如：他說棄婦的隱憂是永遠無法排除的，即使「夕陽之火」也「不能把時間之煩悶化成灰燼」，讓它「從煙突裡飛去」，於是只好棲止在海嘯的石上，「靜聽舟子之歌」，同其悲苦了。

這種突破現實規律的手法，也為中國新詩帶來了新的啓示和想像。

雨巷

戴望舒

撐著油紙傘，獨自
彷徨在悠長，悠長，
又寂寥的雨巷
我希望逢著
一個丁香一樣地
結著愁怨的姑娘。

她是有
丁香一樣的顏色，

丁香一樣的芬芳，
丁香一樣的憂愁，
在雨中哀怨，
哀怨又彷徨；

她彷徨在這寂寥的雨巷，
撐著油紙傘
像我一樣地，
像我一樣地
默默行著，
冷漠，凄清，又惆悵。

她靜默地走近
走近，又投出

太息一般的眼光，
他飄過
像夢一般地，
像夢一般地淒婉迷茫。

像夢中飄過
一枝丁香地，
我身旁飄過這女郎：
她靜默地遠了，遠了，
到了頹圮的籬牆，
走盡這雨巷。

在雨的哀曲裡，
消了她的顏色，

散了她的芬芳，
消散了，甚至她的
太息般的眼光，
她丁香般的惆悵。

撐著油紙傘，獨自
彷彿在悠長，悠長
又寂寥的雨巷，
我希望飄過
一個丁香一樣地
結著愁怨的姑娘。

詩人與詩

戴望舒（一九〇五～一九五〇），原名夢鷗，浙江杭縣人，為三〇年代受法國象徵派影響最大之詩人。編「現代」雜誌，譯介當代法國文學作品甚多。因此被人稱為「現代派」。

他的詩雖然也受法國象徵主義的影響，但他在文字的運用方面比李金髮明朗，他長於用文字的纏綿、委婉、重複達成音樂的效果，讓讀者不斷的感受餘韻。他在這方面，與徐志摩所呈現的情趣很不相同的。

十四行詩（選一）

馮至

我時常看見在原野裡
一個村童，或一個農婦
向著無語的晴空啼哭。
是爲了一個懲罰，還是

爲了一個玩具的毀棄？
是爲了丈夫的死亡
還是爲了兒子的病創？
啼哭得那樣沒有停息

像整個的生命都嵌在
一個框子裡，在框子外
沒有人生，也沒有世界。

我覺得他們好像從古來
就一任眼淚不住地流
爲了一個絕望的宇宙。

詩人與詩

馮至（一九〇五～一九九三）當代作家、詩人，原名馮承植。著有詩集《十四行集》，散文集《山水》等，學術著作《杜甫傳》

馮至像，攝於一九三〇年代。

《詩與遺產》。曾留學德國，對德國詩人歌德與里爾克有極深入的研究。

馮至的詩早期充滿浪漫的氣息。長詩〈圍幔〉是其代表作。後受里爾克（Rilke）的影響，作品深沈而富於哲理。十四行體是西方的一種詩體，一般譯為商籟體，全詩只有十四行，但排列方法卻各自不同。里爾克係當代詩人，詩中多表現人的孤獨和生命的真實，後被人稱為「存在主義詩人」。馮至的十四行詩有很多首，這是其中之一，申述人的孤寂，從生下來就被困在生活的瑣瑣碎碎中，被限制在小小的圈子裡，而且永遠找不到生命的意義。「她們的眼淚似乎自古以來就這樣的流，為了一個絕望的宇宙。」這不僅是一般農婦的悲哀，也是一般人的悲哀。在悲哀中啓示了一個生命的哲學沈思。

腳步

何其芳

你的腳步常低響在我的記憶中，
在我深思的心上踏起甜蜜的淒動，
有如虛閣懸琴，久失去了親切的玉指，
黃昏風過，弦弦猶顫著昔日的聲息，
又如白楊的落葉，飄在無言的荒郊，
片片互遞的嘆息猶似樹上的蕭蕭。
呵，那是江南的秋夜！
　　深秋正夢得酣熟，
而又清澈，脆薄，如不勝你低抑之腳步！

你是怎樣偷偷的扶上曲折的闌幹，
怎樣輕捷的跑來，樓上一燈守著夜寒，
怎樣帶著幼稚的歡欣給我一張素紙，
喊看你的新詞，
那第一夜你知道我寫詩。

花環 放在一個小墳上

何其芳

開落在幽谷裡的花最香，
無人記憶的朝露最有光，
我說你是幸福的，小玲玲，
沒有照過影子的小溪最清亮。

你夢過綠藤緣進你窗裡，
金色的小花墜落到你髮上。
你爲檐雨說出的故事感動，
你愛寂寞，寂寞的星光。

你有珍珠似的少女的淚，
常流著沒有名字的悲傷。
你有美麗得使你憂愁的日子，
你有更美麗的夭亡。

詩人與詩

何其芳像，一九四八年攝於河北平山縣。

何其芳（一九一二～一九七七），四川萬縣人。是中國四〇年代著名詩人和散文家。早期風格以唯美為主，出版詩集《預言》等。後赴延安，參加共黨文化工作，風格從此改變。他的詩對於台灣的鄭愁予、瘂弦等人，都有過啓發。他主要的詩和散文大多充滿唯美的情調。文筆纖細、陰柔，〈腳步〉中所寫的寂寞和期待，都是那麼生動，那麼動人心弦，這是一個人最純淨的心靈，也是靈魂向世界的開啓。這些就成了探索的源泉。所以在詩的結尾他說：「那第一夜你知道我寫詩。」

至於〈花環〉，則是一篇對一位少女（名叫小玲玲）的悼亡之作。在這裡他連死亡也寫得那麼美麗。死亡都美麗了，人生也就當有其意義了。

古鎮的夢

卞之琳

小鎮上有兩種聲音
一樣的寂寥：
白天是算命鑼，
夜裡是梆子。

敲不破別人的夢，
做著夢似的
瞎子在街上走，
一步又一步。

他知道哪一塊石頭低，
哪一塊石頭高，
哪一家姑娘有多大年紀。

敲沈了別人的夢，
做著夢似的
更夫在街上走，
一步又一步。
他知道哪一塊石頭低，
哪一塊石頭高，
哪一家門戶關得最嚴密。

三更了，你聽哪，
毛兒的爸爸，

這小子吵得人睡不成覺，
老在夢裡哭，
明天替他算算命吧？

是深夜，
大是清冷的下午；
敲梆的過橋，
敲鑼的又過橋，
不斷的是橋下流水的聲音。

無題

卞之琳

三日前山中的一道小水，
掠過你一絲笑影而去的，
今朝你重見了，揉揉眼睛看
屋前屋後好一片春潮。

百轉千迴都不跟你講，
水有愁，水自哀，水願意載你。
你的船呢？船呢？下樓去！
南郵外一夜裡開齊了杏花。

卞之琳（一九一〇～），江蘇海門人，就讀北大時曾受教於徐志摩，亦可算是新月派之一員。留學歐洲，翻譯西方文學作品甚多，他與何其芳等人可以算是五四後第二代的著名詩人。

一九三〇年代初，就讀北大時的卞之琳。

卞之琳的詩充滿了寂寞的情調，無論是孤冷的小鎮，幽長的長巷、獨行的路人、單調的門窗，都帶有淺淺的讓人低徊的情調。但是他把寂寞卻寫成溫馨、甜美而寧靜，讓人從其中可以聽到歷史輕輕的嘆喟；又好像走在現實裡，又好像走在夢中，細細長長，飄飄緲緲讓人一直有排遣不去的況味。

小鎮上有兩種聲音，

一樣的寂寥；

白天是算命鑼，

夜裡是梆子。

在〈古鎮的夢〉裡，他一開始就抓住了小鎮的心聲——算命瞎子的鑼和守夜更夫的梆子。這是從幾千年以來就存在那裡的聲音。在這聲音裡，誰也不知道自己要走向何處，誰也把握不了自己的命運。但是在蒼茫中，像做夢中那樣活下去，永遠是

敲梆的過橋，

敲鑼的又過橋，

不斷的是橋下流水的聲音。

這的確是寂寞的，但在寂寞中卻有著無以言說的情愫。而在後面的一首〈無題〉中，他表現的是另一種心境。

宋人陳與義有一首詞寫道：「君住長江頭，我住長江尾，日日思君不見君，共飲長江水……」，寫的是兩地相思。本詩也有相近處。三日前兩人相會，三日後仍在那水波中見到對方，正因為好像見到對方，便欣喜地感到「屋前屋後好一片春潮」。而有了這種相思，世界好像也完全換了新；「南郇外一夜開齊了杏花」，真是無比的一片新天地。這意象真有唐代詩人「忽然一夜東風來，千樹萬樹梨花開」的意味。新詩到了卞之琳那一代詩人手上，又有了新的完成。

紀德與蝶

汪銘竹

熱情的細網，重又絡住他徬徨的心。紀德
向非洲發掘新的食糧去，驀地像
春天往他身上撲來，於是開始了蝶的狩獵。

並以棕櫚纖維編成短短的裙，此外，還有紋面的土人。
凌壓在這一切奇異之上的，非洲更是蝶之王國；
大的燕尾蝶，蔚藍色，珍珠色，硫磺色嵌著
黑的斑點，有的翼背上更閃灼金光……

但不久紀德的壞時辰到來了，他的熱心
照射了非洲的空間，他闖入後臺，扯開了
眩目的布景，在那裡他目擊了醜陋與可恥。

孩子們赤裸著上身，沒一片布，生疥瘡，生癬，
生癩痢，象皮症，瞌睡病，像播種落在
每個人身上，死亡牽起手，拜訪著家家。

他說：這是一種青年時的計劃在老年時
才實現。嚮往著這簇新的世界，已往
二十年，或許三十年了，彷彿一支隱秘的夢。

非洲誠然是塊迷人的土地，有綠色大蛇，
有羚羊，有龐大的紙草田，灰色蜥蜴與大白鷺，

古代白蟻居室，如座圓頂的短山丘。

木棉樹，旅人樹，棕櫚樹，像銀耳般大的
巨大的羊齒類寄生；鱷魚身上，是多好的
美的斑紋，野火燒過的荒地上，有獅子來往。

魔鬼一般的孩子們，頭頂上插著一翎大羽毛，
美的上肢之女人，骼骨上裝起金燦燦的銅環，
全像沒有牧者的愁慘的人畜呀，女人在
雨淋下漏夜給修著汽車路，割樹膠者
已是被榨乾的橘，剩下了空的皮殼。

太重的傜役，土人全都逃往荊棘中去了，
如一隻隻被獵逐的野獸，部落拋下了，鄉村

拋下了自然更顧不了家庭與耕種。
一舉眼，荒蕪的田成了一片柴草，蟄伏在
向無人居的洞穴中，以草根果腹。在荊棘中，眞理有
何等昂貴之代價呀！一個土人頭目如是說。
於是從憧憬之高塔跌下了，紀德深深詛咒
自己著了魔，眼光失卻了新奇的感覺，忘了蝶，
忘了長柄的捕蝶網，終於他衝出謊言的黑屋。

汪銘竹與其妻俞俊珠，拍攝年代不詳。

紀德（A. Gide）是法國二十世紀的大作家，曾得過諾貝爾獎。他旅遊非洲，對法國的殖民地統治極為不滿，寫出了《剛果紀遊》，大事抨擊。本詩即由此而起，當然也隱含著對中國被列強壓迫的不滿。

汪銘竹為我國四〇年代詩人，風格與卞之琳、何其芳等人有相近處，但更清新。詩中講紀德向非洲發掘新的糧食，指的是紀德的另一在非洲旅遊而獲得生命甘美的另兩本札記《地糧》和《新糧》。這兩本書都有中文譯本。

默示

梁鎮

絃琴已經沈到了海底，
月亮不再露她的圓光，
地平上浮起一道霞彩，
使我歡喜，也使我絕望。

愛，這時候我在玩味，
你的嘆息，你的眼淚。

最溫柔的四月，他們說：
花在迸發，林鳥在歌唱。

你聽，那綠野上，幽谷裡，
蜂群顫動金色的翅膀。

愛，這時候我挨近你，
低聲喚出你的名字。

天是那樣青，又那樣美，
隱約傳來城市的喧響；
啊，寧謐的生命的偉力，
你在從穹蒼慢慢下降！

愛，我怎能說這默示，
在我們心裡會消逝？

詩人與詩

這首詩選自聞一多所編之《現代詩鈔》，作者生平不詳，可能是四〇年代的青年詩人。風格接近新月派，追求新的格律，也有浪漫派的韻致。它默示著愛的蘊藉，愛的潛在的力量，它能帶給萬物歡欣，也在歡欣中埋伏著憂傷。

小樓

李白鳳

山寺的長檐有好的磬聲，
江南的小樓多是臨水的，
水面的浮萍被晚風拂去，
藍天從水底躍出。

小笛如一陣輕風，
家家臨水的樓窗開了，
妻在點染著晚妝，
眉間盡是春色。

詩人與詩

李白鳳（一九一六～一九七八），原名李象賢，又名李逢，北京人。是一位古文字學和金石學的工作者。詩產量不多，但很有婉約之情致。〈小樓〉一首，沁人肺腑。

微弱

方瑋德

我在數天上的星，
我問：是哪一顆星
正照著她的家鄉？
　星子不做聲，
　這一夜
露水落在我的臉上。
我走過一條江水，
我問：是哪個時候

你流過她的家鄉？
　水不答我話，
　　這一夜
沈默落在我的臉上。

詩人與詩

方瑋德（一九〇八～一九三五），安徽桐城人。曾與徐志摩、陳夢家等人創辦「詩刊」，後任教廈門集美學校，也屬於新月派之一員，詩作不多，但文字靈巧，語言哀怨而溫柔。〈微弱〉是一首輕柔得不能再輕柔的情詩，耐人尋味。

美學家宗白華在悼念方瑋德時說過：「提起他的白話詩，真是新文學裡的粒粒珍珠。情致的熱烈而瀟灑，文字的流麗飄逸，節奏韻律完全來自他一片天真的心。」可謂定評。

煤的對話

艾青

你住在哪裡？

我住在萬年的深山裡。
我住在萬年的岩石裡。

你的年紀——

我的年紀比山的更大，
比岩石的更大。

你從什麼時候沈默的？
從恐龍統治了森林的時代，
從地殼第一次震動的時候。
你已死在過深的怨憤裡了麼？
死？不，不，我還活著——
請給我以火，給我以火！

詩人與詩

艾青（一九一〇～一九九六），原名蔣海澄，浙江金華人，曾留法學習繪畫，回國後參加左翼藝術運動。他雖受過法國象徵主義的影響，但作風則是左翼的。他的名作〈大堰河——我的保母〉，便是充滿階級鬥爭的長詩。〈媒的對話〉一詩可以顯示他那種鬥爭的語言風格。

逃荒

（報載：二百萬難民忍痛出關，感成此篇。）

臧克家

幾莖蘆荻搖著大野，
秋的宇宙是這麼寥廓，
在這樣寥廓的碧落下，
卻沒寸地容我們立腳！
一條無形的鞭子揚在身後，
驅我們走上這同樣的路，
心和心像打通了的河流，

沖向天涯，挾著怒吼！
不要回頭再一望家鄉，
它身上負滿了礮火的創傷，
（這礮火卑污的氣息叫人噁心，
也該感謝，它重生了我們。）
橫暴的鋒銳入骨的毒辣，
大好田園災難當了家。
沒法再想：春天半熱的軟土炙著腳心的癢癢，
牛背上馱著夕陽；
過了一陣夏天的雨，
跑去田野聽禾稼刷刷的長；
秋場上的穀粒在殘陽中閃著黃金，
荒郊裏剩半截禾梗磨著秋響；
嚴冬的炕頭最是溫柔，

妻子們圍著一盆黃粱。
這一些，這一些早成了昨夜的夢，
今日的故鄉另是一個模樣。
一步一個天涯，我們在探險，
腳底下陷了冰窟，說不定對面騰起青山。
我們沒有同胞！上帝掌中的人們
不要在這些人身上浪費一聲虛僞的嗟嘆，
秋風倒有情，張起了塵帆，
一程又一程，遠遠的送著，
山海關的鐵門一閉，
從此我們沒了祖國！

詩人與詩

臧克家（一九〇五～），山東諸城人，為四〇年代的詩人，由於出身於農村，題材也多以農民生活為主，由於生長山東，語言也平直沈健。出版詩集有《烙印》《十年詩選》《古樹的花朵》等。他編有「詩創造」叢刊，專門刊選青少年的作品，發行廣泛，對新詩的推廣有極大影響。然而，由於他對於現實的強烈關心，他的後期的詩往往政治意味過強。受到他的影響，很多新詩便走上了標語口號的道路。

這裡的〈逃荒〉選自他早期詩集《烙印》。北方中國，很多無以為生的人多往東北逃荒，沒有人關懷，自生自滅，最後兩句堅實有力，充滿了無言的抗議。是神來之筆。

流浪人語

辛笛

流浪二十年我回來了
挺起胸來走在大街上
我高興地與每一個公民分取陽光想和他們握手
可是當我在公園裡靜靜地坐了下來
一整天眼前越看越是陌生
我錯疑若不是新從地球外的世界來
必是已然寫入了歷史
小鎮不是給不生根的人住的
那麼我還不想自殺就只有再去流浪

詩人與詩

辛笛，一九八七年攝於上海寓所。

辛笛（一九一二～），江蘇淮安人，曾留學英國，後任光華大學教授。姓王，原名王馨迪。四〇年代以《手掌集》引起詩壇注意。這首〈流浪人語〉寫一個人的飄泊無根，甚為深刻。最後兩句，尤讓人感慨萬千。

無法投遞

英辰

無法投遞，
退回原處。

沒有名號的街道，
唉！正小病初愈。

牆是獨白，
窗是對語。

下午的晴天的漫遊，
破皮鞋補了又補。

一到夜深如海，
細數鄰人的腳步。

無法投遞，
退回原處。

詩人與詩

本詩選自聞一多所編之《現代詩鈔》，作者生平不詳，可能是四〇年代的詩人。〈無法投遞〉寫一個居住在不知地名的小鎮的人，以及他的無告的孤寂。「無法投遞，退回原處」，是郵政上的用語，意思是信上標明：如果無法投寄，請把信退回原寄信處。但是，我住在這裡卻連小鎮街道的名字也不知道，於是一切只有獨白，夜深睡不著，無人可談，只好細數鄰人的腳步。——這是多麼況味的寂寞呀！

忍耐

沈祖棻

你沒有夸父的荒誕，
不應該學習一點忍耐嗎？

冬天的冰雪已漸漸地舒解，
將望到的是柳條的新綠。
燕子飛來建築他的新巢，
蘿蔓裝飾上紅的牆壁，
昔日飄泊於江湖的小白帆，
也將傍依水岸而繫纜了。

不要再埋怨過去的寒冷，
它帶來春天更多的溫暖，
等過了二月，三月也快
你將眩目於桃花的灼灼。

詩人與詩

這是一首在艱苦時代裡勉勵人學習忍耐的小詩。詩人以一種女性的溫柔、婉約的關懷，讓人在心中種下希望的種籽。詩中所說的夸父，是中國古代神話的人物，他懷抱著浪漫的荒誕要追趕太陽，結果遭到渴死的命運。在這裡作者明顯地不鼓勵青年人在苦難中冒進（雖然那也是一種可貴的浪漫），而希望他們涵養自己，永持希望。這首詩經音樂家陳田鶴作曲，已流傳為人們熟悉的聲音。

沈祖棻（一九〇九～一九七七），字子苾，浙江海鹽人。為詞學大師吳梅和汪東之得意弟子。曾先後擔任武漢大學、南京大學詞學教授。她的新詩，脫胎於她的舊詩詞。本詩中「不要再埋怨過去的寒冷，它帶來春天更多的溫暖」，使人想起英國浪漫詩人雪萊在〈西風頌〉中的名句：

如果冬天已經到了，
春天還會遠嗎？

兩相對照，一者急越，一者舒緩，各有情致。作者有一首有名的詞作〈浣溪沙〉，向為人稱羨，亦可以讓人在與新詩對讀後，領會一條從傳統開創新路的可能，特附之如後：

芳草年年記勝遊，江山依舊豁吟眸，鼓鼙聲裡思悠悠。
三月鶯花誰作賦？一天風絮獨登樓，有斜陽處有春愁。

你的名字

紀弦

用了世界上最輕最輕的聲音，
輕輕地喚你的名字每夜每夜。

寫你的名字。
畫你的名字。
而夢見的是你發光的名字。

如日，如星，你的名字。
如燈，如鑽石，你的名字。

如繽紛的火花，如閃電，你的名字。
如原始森林的燃燒，你的名字。

刻你的名字！
刻你的名字在樹上。
刻你的名字在不凋的生命樹上。
當這植物長成了參天古木時，
呵呵，多好，多好，
你的名字也大起來。

大起來了，你的名字。
亮起來了，的名字。
於是，輕輕輕輕輕輕輕地喚你的名字。

詩人與詩

紀弦（一九一三～），原名路逾，他原為四〇年代的詩人，曾以路易士為筆名，活動於上海。風格接近李金髮、戴望舒等人。五〇年代以後，移居台灣，推動詩的現代主義運動，對台灣詩壇產生很大的影響。

這首〈你的名字〉是他早期風格的作品。語言自在而舒坦，感情則極為細緻，兼有浪漫主義與現代主義之風味。

小詩

楊華

（一）
人們看不見葉底的花，
已被一隻蝴蝶先知道了。

（二）
深夜裡——殘荷上的雨點，
是遊子的眼淚呵！

（三）
落花飛到美人鬘上，

停一刻又隨著春風去了。
落花、美人、春風同是無意中相遇。

（四）
秋天像美人，是無礙他的瘦。
秋山像好友，是不嫌它的多。

（五）
人們散了後的鞦韆，
閒掛著一輪明月。

黑潮集

楊華

之一

黑潮！
掀起浪濤，顛簸氾濫，
搖撼著宇宙。

之二

平原的嫩草
慢慢地露出綠色。
餓過了秋冬的羊兒，
像匪兵一般地搜索。

唉！
春草的生命。

之三
過去的黑暗
未來的希望，
希望——
前進！

之四
只要是新生的火，
她便能燃起已死的灰燼。

之五

鐵索雖強，
當著我們熱熊熊般心火
也要溶解。

之六

可驚可愛的鐘聲啊！
洪亮的鐘聲啊！
許多的同胞正迷夢著，
猛地一下
喚醒他們吧！

這裡選的〈小詩〉五首及〈黑潮集〉（選錄），是台灣早期作家楊華的遺稿。楊華本名楊顯達，生於一九〇六年，一九三六年五月三十日懸樑自殺。同月，在楊逵主編的「台灣新文學」第一卷第四號上，曾刊載如下的啓事：

> **島上優秀的白話詩人楊華（楊顯達），因過度的詩作和生活苦鬥，約於兩月前病倒在床。曾依靠私塾教師收入爲主，今已斷絕，陷入苦境，企待諸位捐款救援，以助其元氣。病倒於屏東一七六貧民窟。**

可見楊華是以貧病交迫，無可奈何結束自己三十歲生命的。在那日據時代，楊華的詩能以那麼精鍊的中文語言書寫出來，可見其才華之高。他的詩，有印度詩人泰戈爾和五四詩人冰心的風味，既抒情又有哲理。〈小詩〉寫出台灣人的灑脫自在。〈黑潮集〉是被日警關進監牢的作品，深刻地流露著殖民地人民的不滿與不屈。至今仍讓人敬佩不已。

南國哀歌

賴和

所有的戰士已都死去，
只殘存些婦女小兒，
這天大的奇變，
誰敢說是起於一時？

人們最珍重的莫如生命，
未嘗有人敢自看輕，
這一舉會使種族滅亡，
在他們當然早就看明，

但終於覺悟地走向滅亡，
這原因就不容妄測。

誰說他們野蠻無知？
看見鮮紅的血，
便忘卻一切歡躍狂喜，
但是這一番啊！
明明和往日出草有異。

在和他們同一境遇，
一樣呻吟於不幸的人們，
那些怕死偷生的一群，
在這次血祭壇上，
意外地竟得生存，

便說這卑怯的生命，
神所厭棄本無價值。
但誰敢信這事實裡面，
就尋不出別的原因？

「一樣是歹命人！
趕快走下山去！」
這是什麼言語？
這是什麼含義？
這是如何地悲悽！
這是如何的決意！

是怨是讎？雖則不知，
是妄是愚？何須非議。

舉一族自愿同赴滅亡，
到最後亦無一人降志，
敢因爲蠻性的遺留？
是怎樣生竟不如其死？

恍惚有這呼聲，這呼聲，
在無限空間發生響應，
一絲絲涼爽秋風，
忽又急疾地爲它傳播，
好久已無聲響的雷，
也自隆隆地替它號令。

兄弟們！來！來！
來和他們一拚！

憑我們有這一身，
　我們有這雙腕，
休怕他毒氣、機關鎗！
休怕他飛機、爆裂彈！
來！和他們一拚！
兄弟們！
　憑這一身！
　　憑這雙腕！
兄弟們到這樣時候，
還有我們生的樂趣？
生的糧食儘管豐富，
容得我們自由獵取？
已闢農場已築家室，
容得我們耕種居住？

刀鎗是生活上必需的器具，
現在我們有取得的自由無？
勞働總說是神聖之事，
就是牛也只能這樣驅使，
任打任踢也只自忍痛，
看我們現在，比狗還輸！

我們婦女竟是消遣品，
隨他們任意侮弄蹂躪！
哪一個兒童不天眞可愛，
兇惡的他們忍相虐待，
數一數我們所受痛苦，
誰都會感到無限悲哀！
兄弟們來！來！

捨此一身和他一拚！
我們處在這樣環境，
只是偷生有什麼路用？
眼前的幸福雖享不到，
也須爲著子孫鬥爭。

詩人與詩

這首詩是為哀悼台灣霧社事件而作。霧社事件發生於一九三〇年十月二十七日。為日本帝國主義壓迫台灣同胞的重大事件，戰爭持續兩月之久，霧社山胞幾乎滅族。

賴和（一八九四～一九四三），原名賴癸河，台灣彰化人。身經台灣人最悲苦的歲月，為日據時代台灣新文學的開路人，終其一生，雖在日本占領下，卻一直以中文寫作。他的作品是在刺刀下台灣同胞的心聲。

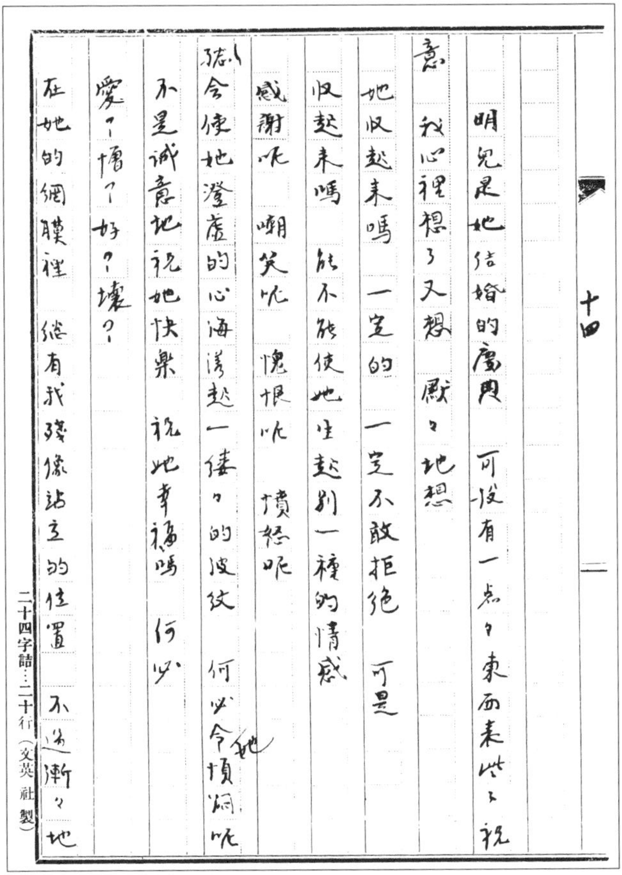
十四

明兒是她結婚的慶典　可是有一點々東西來些々祝
意　我心裡想了又想　默々地想
她收起來嗎　一定的　一定不敢拒絕　可是
收起來嗎　能不能使她生起別一種的情感
感謝呢　嘲笑呢　愧恨呢　憤怒呢
總會使她澄虛的心海漾起一縷々的波紋　何必令他煩悶呢
不是誠意地祝她快樂　祝她幸福嗎　何必
愛々憎々　好々壞々
在她的網膜裡　總有我殘像站立的位置　不過漸々地

二十四字詰：二十行（文英社製）

賴和無題新詩手稿。

祖國

巫永福

還沒見過的祖國
隔著海　咫尺天涯
在夢裡看見　在書裡讀到的祖國
流過幾千年在我的血液中
它的影子棲息在我胸臆裡
回音在我心中
啊，是祖國在呼喚我？
還是我在呼喚祖國？
在燦爛的歷史中祖國

是該可誇耀強盛的
創造了卓越的文化
祖國應該是了不起的
啊，祖國喲　醒來！
祖國喲　醒來！

國家一沈睡　就會積弱
一孱弱　侮辱就臨頭
你有廣大的土地　眾多的子民
祖國喲　怒吼吧
祖國喲　怒吼吧

民族的尊嚴在自立
沒有自立就沒有自主

不平等裡潛藏著不幸
祖國喲　站起來！
祖國喲　舉起手來！

打敗仗　我們變成寄養的孩子
我們要背負那罪愆嗎？
不能把祖國叫做祖國的罪疚
祖國不覺得可恥嗎？
祖國在海的遙遠處
祖國在我的眼眸裡

在風俗習慣語言都不同的
異民族下　說是一視同仁
這句話窩藏著謊言

謊言一多就有不滿和苦悶
把祖國還給我們
讓我們向大海吶喊還給我們

詩人與詩

〈祖國〉一詩，是台灣前輩詩人巫永福先生的作品。

巫老一九一三年生於台灣埔里。他從年輕時就參與台灣人的自救運動，戰後雖經歷一再的挫折，仍努力於台灣文化的建設，並設立巫永福文學獎，鼓勵後人，努力不懈。

〈祖國〉一詩原用日文寫作，由葉迪先生譯為中文。讀這首詩，我們仍然會為這種殖民統治下的呼聲所感動。

猩猩

楊雲萍

歲月如何流逝的？已經沒有記憶。
有的只是長長的臉毛和下垂的下顎肉。
從早到晚、抓住獸檻的鐵棒搖擺著腰。
然而、我沒有興趣搖擺腰。
至少想要甩落些許擁上來的故國山野的鄉愁。
這十二尺見方的獸檻絕不狹窄。
在險惡的世界上、有這一片淨土、倒是個奇蹟。
然而、我行將衰老、
啊、我已行將衰老。

詩人與詩

楊雲萍（一九〇六～二〇〇〇），原名楊友濂，台北士林人，台大歷史系教授。他一生經歷了日本的統治，和第二次大戰後的悲苦歲月，但他的詩卻一直顯示著生命的尊嚴和灑脫。這首〈猩猩〉，是作者的自況，內容深沈。原文為日文，由辛笛譯出。

國家圖書館出版品預行編目資料

是夢也是追尋／尉天驄等編選.
-- 初版. -- 臺北市：圓神，2005〔民94〕
面； 公分. --（圓神文叢；18）
ISBN 986-133-056-9（平裝）

831.86 94000631

The Eurasian Publishing Group
圓神出版事業機構
用心與你對話・視野無限寬廣
圓神出版社
Eurasian Press

http://www.booklife.com.tw inquiries@mail.eurasian.com.tw

圓神文叢 018

是夢也是追尋

編　選／尉天驄・章成崧・尤石川・劉柏宏
發 行 人／簡志忠
出 版 者／圓神出版社有限公司
地　址／台北市南京東路四段50號6樓之1
電　話／（02）2579-6600・2579-8800・2570-3939
傳　真／（02）2579-0338・2577-3220・2570-3636
郵撥帳號／18598712 圓神出版社有限公司
登 記 證／行政院新聞局局版北市業字第1462號
企　劃／張之傑
副總編輯／陳秋月
主　編／林慈敏
責任編輯／周文玲
美術編輯／陳正弦
印務統籌／林永潔
監　印／高榮祥
校　對／尉天驄・曹珊綾・周文玲
排　版／陳采淇
經 銷 商／叩應有限公司
法律顧問／圓神出版事業機構法律顧問 蕭雄淋律師
印　刷／祥峰印刷廠
2005年3月 初版

定價 190 元 ISBN 986-133-056-9

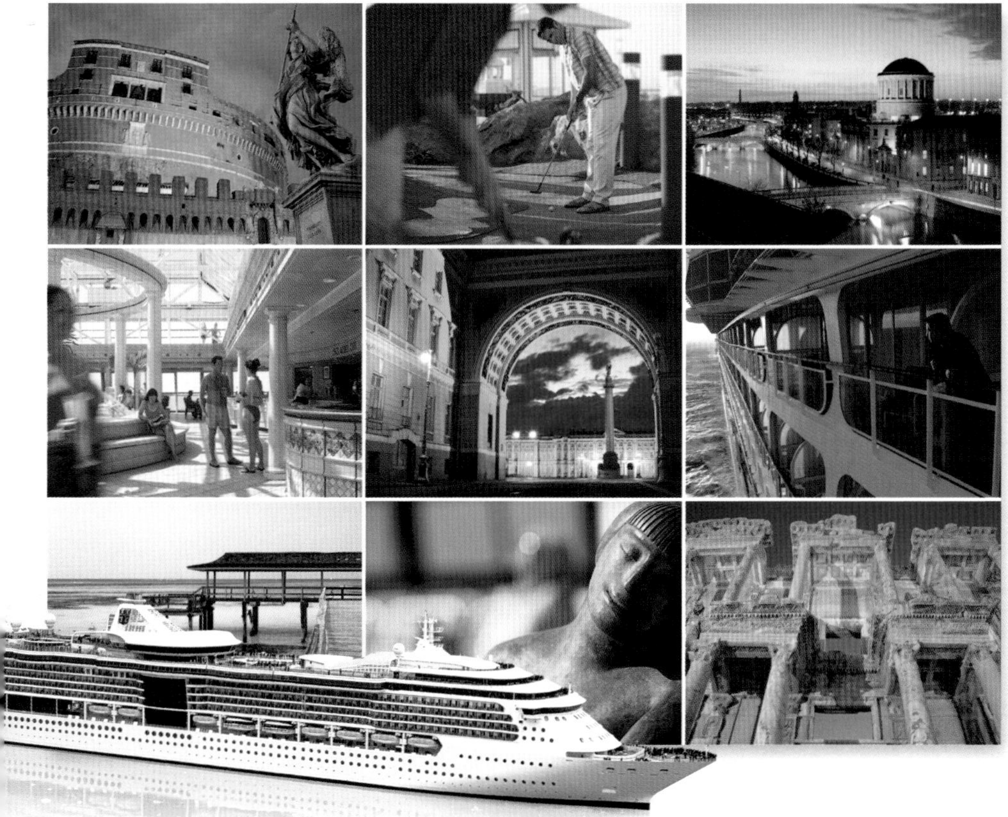

請貼郵票

圓神出版事業機構 收

105 台北市南京東路四段50號6樓之一
Tel：02-25796600 Fax：02-25790338

對折黏貼後，即可直接郵寄

圓神 20 歲 禮多人不怪

您買書，我送愛之旅，一年 100 名！

圓神 20 歲，我們懷著歡喜與感激。即日起，您每個月都有機會免費搭乘世界級的「皇家加勒比海國際遊輪」浪漫海上愛之旅！

我們提供「一人得獎兩人同遊」．「每月四名八人同遊」．「一年送 100 名」的遊輪之旅，希望您和所愛的人一起分享親情、友情、愛情，共度驚嘆、美好的時光……圓夢大禮，即將出航！

圓夢路線：

❶購買圓神出版事業機構（包括圓神、方智、先覺、究竟、如何）任何一家出版社於 2005 年 3 月～2006 年 2 月期間出版的任一新書。

❷填妥您的基本資料，貼上郵資，投遞郵筒。您可以月月重複參加抽獎，中獎機會大！

❸活動期間每月 25 日，將由主辦單位公開抽出四名超幸運讀者！這四名幸運讀者可帶一位親友免費同行；一人中獎，兩人同遊！

❹活動期間每月 5 日，將於圓神書活網公布四名幸運中獎名單。

注意事項

❶中獎人不能折現。

❷中獎人出遊時間選擇（2005 年、2006 年各一次），其正確出發日期與行程安排，請依皇家加勒比海國際遊輪公司之公告。

❸免費部分指「海皇號四夜遊輪住宿行程」。

❹「海皇號四夜遊輪」之起點終點都在美國洛杉磯，台北－洛杉磯往返機票、遊輪小費、碼頭稅等相關費用，請自行付費。

主辦：圓神出版事業機構　　贊助：皇家加勒比海國際遊輪 www.royalcaribbean.com

活動期間：2005 年 3 月起～2006 年 2 月底

參加 圓神20全年禮 抽獎／讀者回函

姓名：　　　　　　　　　　電話：

通訊地址：

常用 email ：

一定可以聯絡到的電話：

這次買的書是：

服務專線：0800-212-629 、0800-212-630 轉讀者服務部